¡LA VERDADERA HISTORIA DE LOS TRES CERDITOS!

POR S. LOBO

SEGÚN SE LA CONTARON A JON SCIESZKA
ILUSTRADA POR LANE SMITH

PUFFIN BOOKS

PUFFIN BOOKS
Published by the Penguin Group
Penguin Young Readers Group, 345 Hudson Street, New York, New York 10014, U.S.A.
Penguin Group (Canada), 90 Eglinton Avenue East, Suite 700, Toronto, Ontario, Canada M4P 2Y3
(a division of Pearson Penguin Canada Inc.)
Penguin Books Ltd, 80 Strand, London WC2R 0RL, England
Penguin Ireland, 25 St Stephen's Green, Dublin 2, Ireland
(a division of Penguin Books Ltd)
Penguin Group (Australia), 250 Camberwell Road, Camberwell, Victoria 3124, Australia
(a division of Pearson Australia Group Pty Ltd)
Penguin Books India Pvt Ltd, 11 Community Centre, Panchsheel Park, New Delhi - 110 017, India
Penguin Group (NZ), 67 Apollo Drive, Rosedale, North Shore 0632, New Zealand
(a division of Pearson New Zealand Ltd)
Penguin Books (South Africa) (Pty) Ltd, 24 Sturdee Avenue, Rosebank, Johannesburg 2196, South Africa

Registered Offices: Penguin Books Ltd, 80 Strand, London WC2R 0RL, England

First published in the United States of America by Viking Penguin, a division of Penguin Books USA Inc., 1989
This translation first published by Viking Penguin Inc., 1991
First published by Puffin Books, 1996
This edition published by Puffin Books, a division of Penguin Young Readers Group, 2009

3 5 7 9 10 8 6 4 2

Text copyright © Jon Scieszka, 1989
Illustrations copyright © Lane Smith, 1989
Translation copyright © Viking Penguin, Inc., 1991
All rights reserved

THE LIBRARY OF CONGRESS HAS CATALOGED THE VIKING PENGUIN ENGLISH EDITION AS FOLLOWS:
Scieszka, Jon. The true story of the three little pigs/
Jon Scieszka; pictures by Lane Smith
p. cm.
Summary: The wolf gives his own outlandish version of what really happened when he tangled with the three little pigs.
ISBN: 0-670-82759-2 (hc)
[1. Wolves—Fiction. 2. Pigs—Fiction.] I. Smith, Lane, ill. II. Title.
PZ7.S41267Tr 1989 [E]—dc20 89-8953

Puffin Books ISBN 978-0-14-241447-7

Manufactured in China

Para Jeri y Molly

J.S. y L.S.

Seguro que todos conocen el cuento de Los tres cerditos. O al menos creen que lo conocen. Pero les voy a contar un secreto. Nadie conoce la verdadera historia, porque nadie ha escuchado *mi* versión del cuento.

Yo soy el lobo. Silvestre B. Lobo.

Pueden llamarme Sil.

No sé cómo empezó todo este asunto del lobo feroz,

pero es todo un invento.

A lo mejor, el problema es lo que comemos.

Y bueno, no es mi culpa que los lobos coman animalitos tiernos, tales como conejitos, ovejas y cerdos. Así es como somos. Si las hamburguesas con queso fueran tiernas, la gente pensaría que ustedes son feroces, también.

Ⓐ Estornudo + Ⓑ Azúcar

Pero, como les decía,
todo este asunto del lobo feroz es un invento.
La verdadera historia es la de un
estornudo y una taza de azúcar.

Hace mucho, en el tiempo de "Había una vez", yo estaba preparando una torta de cumpleaños para mi querida abuelita.

Tenía un resfriado terrible.

Me quedé sin azúcar.

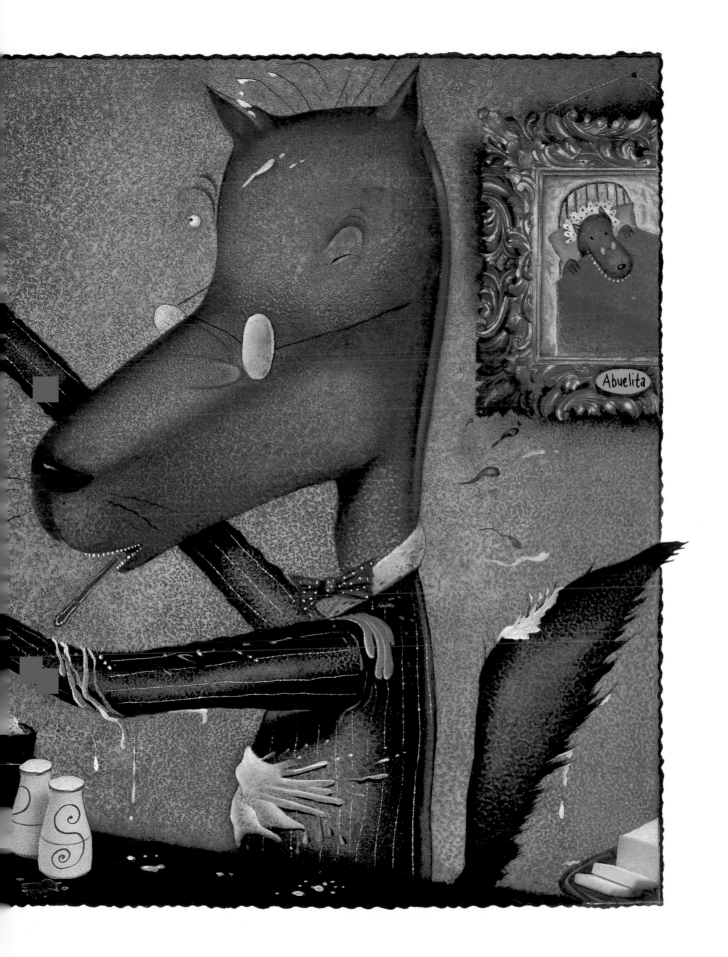

De manera que caminé hasta la casa de mi vecino

para pedirle una taza de azúcar.

Pues bien, resulta que este vecino era un cerdito.

Y además, no era demasiado listo, que digamos.

Había construido toda su casa de paja.

¿Se imaginan? ¿Quién con dos dedos de frente

construiría una casa de paja?

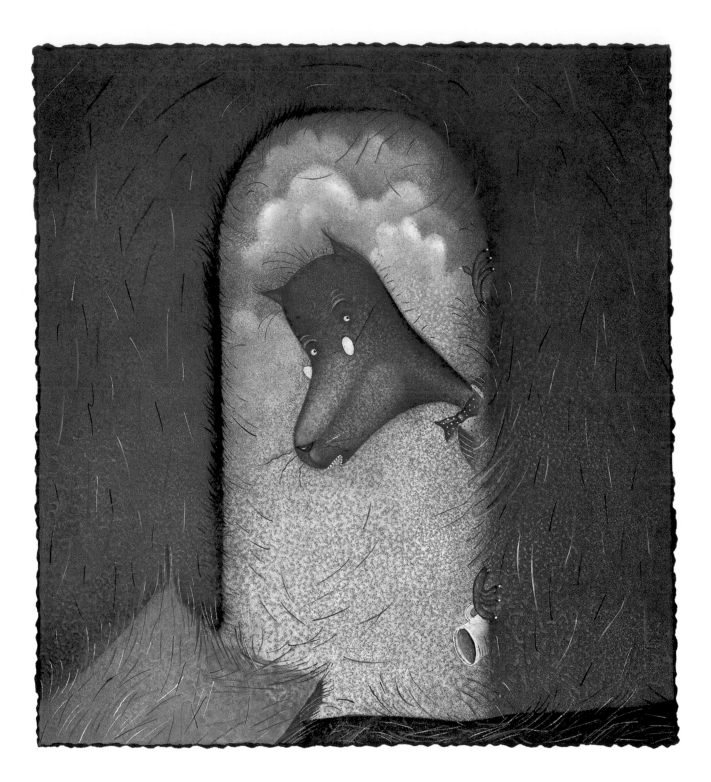

Desde luego, tan pronto como toqué a la puerta, se derrumbó. Yo no
quería meterme en la casa de alguien así como así. Por eso llamé:
—Cerdito, cerdito, ¿estás en casa?
Nadie respondió. Estaba a punto de regresar a mi casa sin la taza
de azúcar para la torta de cumpleaños de mi querida abuelita.

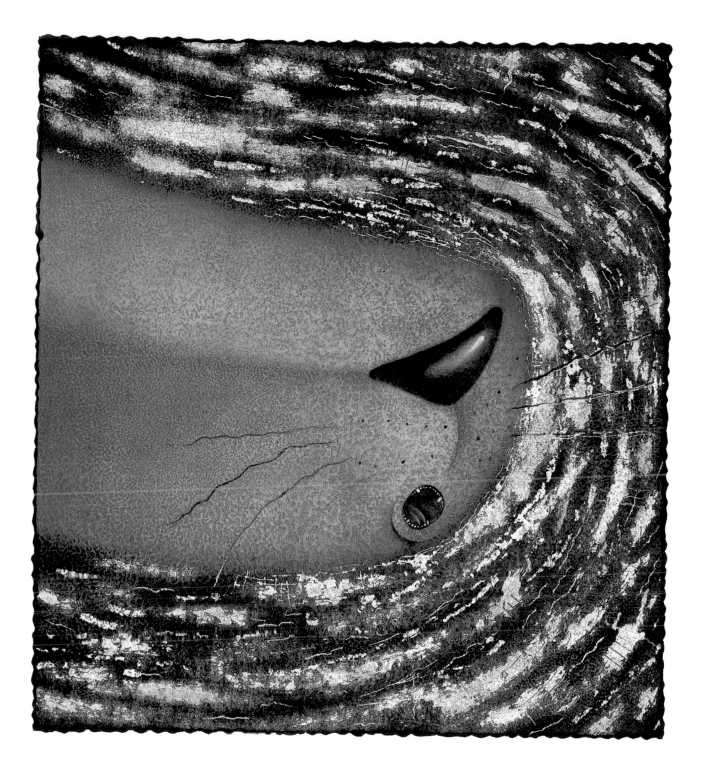

Entonces me empezó a picar la nariz.

Sentí que iba a estornudar.

Soplé.

Y resoplé.

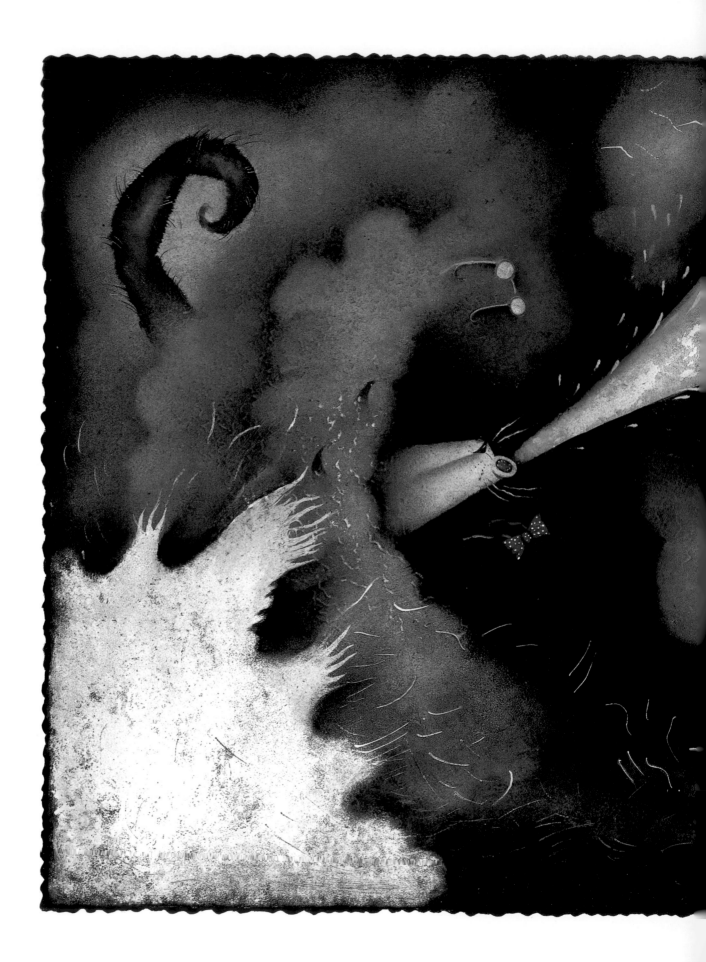

Y lancé un tremendo estornudo.

¿Y saben lo qué pasó? La dichosa casa de paja se vino abajo. Y allí, en medio del montón de paja, estaba el primer cerdito, bien muertecito. Había estado en la casa todo el tiempo.

Me pareció una lástima dejar una buena cena de jamón tirada sobre
la paja. Por eso me lo comí.

Piensen lo que harían ustedes si encontraron una hamburguesa con
queso.

Me sentí un poco mejor. Pero todavía me faltaba mi taza de azúcar.

De manera que me dirigí a la casa del siguiente vecino.

Este vecino era el hermano del primer cerdito.

Era un poco más inteligente, pero no mucho.

Había construido su casa con palos de madera.

Toqué el timbre en la casa de madera.

Nadie contestó.

Llamé: —Señor Cerdo, señor Cerdo, ¿está usted ahí?

Me contestó a los gritos: —Véte lobo. No puedes entrar. Me estoy

afeitando el hocico.

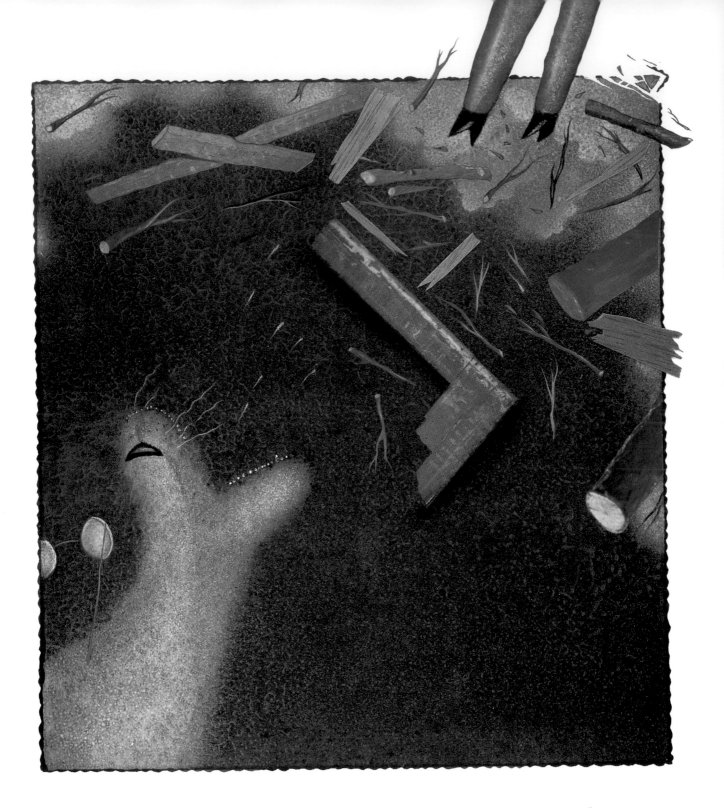

Apenas había puesto mi mano en el picaporte de la puerta cuando
sentí que venía otro estornudo.

Soplé. Y resoplé. Y traté de taparme la boca, pero lancé un tremendo
estornudo.

Y no lo van a creer, pero la casa de este individuo también se vino abajo como la de su hermano.

Cuando el polvo se disipó, allí estaba el segundo cerdito—bien muertecito. Palabra de lobo.

No necesito

recordarles que la comida

se echa a perder si se la deja al aire libre.

Por eso hice lo único que podía hacerse.

Cené otra vez.

¿Acaso ustedes no se hubieran

comido otra hamburguesa con queso?

Me empecé a sentir horriblemente lleno.

Pero estaba mejor del resfriado.

Y todavía no había conseguido

esa taza de azúcar para la

torta de cumpleaños de

mi querida abuelita.

De manera que me dirigí

a la siguiente casa.

Resultó ser el hermano

del primer y del segundo cerdito.

Debe haber sido el genio de la familia.

Había construido su casa de ladrillos.

Toqué en la casa de ladrillos. Nadie contestó.

Llamé: —Señor Cerdo, señor Cerdo, ¿está usted ahí?

¿Y saben lo que me contestó este puerquito grosero?

—¡Fuera de aquí, Lobo! ¡No me molestes más!

¡Vaya falta de modales!

Probablemente tenía un saco lleno de azúcar.

Y ni siquiera quería darme una tacita para la torta de cumpleaños de mi querida abuelita.

¡Qué cerdo!

Estaba a punto de regresar a casa y quizás hacer una tarjeta de cumpleaños en vez de una torta, cuando sentí nuevamente mi resfriado.

Soplé.

Y resoplé.

Y estornudé una vez más.

Entonces el tercer cerdito gritó:

—¡Y que tu querida abuelita se siente en un alfiler!

Normalmente soy un tipo muy tranquilo. Pero cuando alguien habla así de mi querida abuelita, pierdo un poquito la cabeza.

Por supuesto, cuando llegó la policía, yo estaba tratando de tumbar la puerta del cerdito. Y en todo el tiempo, seguí soplando, resoplando, estornudando, armando un verdadero escándalo.

El resto, como dicen, es historia.

os periodistas se enteraron
de los dos cerditos que había cenado.
Pensaron que la historia de un pobre
enfermo que iba a pedir una taza de
azúcar no era muy interesante.
De manera que se les ocurrió todo eso de
"Soplidos y resoplidos y tc tumbo tu casa."
Y me convirtieron en el lobo feroz.

Eso es todo.
La verdadera historia. Me hicieron trampa.

Pero tal vez tú puedas prestarme una taza de azúcar.

But maybe you could loan me a cup of sugar.

he news reporters found out

about the two pigs I had for dinner.

They figured a sick guy going to

borrow a cup of sugar didn't

sound very exciting.

So they jazzed up the story with all of that

"Huff and puff and blow your house down."

And they made me the Big Bad Wolf.

That's it.

The real story. I was framed.

The rest, as they say, is history.

Now I'm usually a pretty calm fellow. But when somebody talks about my granny like that, I go a little crazy.

When the cops drove up, of course I was trying to break down this Pig's door. And the whole time I was huffing and puffing and sneezing and making a real scene.

Talk about impolite!

He probably had a whole sackful of sugar.

And he wouldn't give me even one little cup for my dear sweet old granny's birthday cake.

What a pig!

I was just about to go home and maybe make a nice birthday card instead of a cake, when I felt my cold coming on.

I huffed.

And I snuffed.

And I sneezed once again.

Then the Third Little Pig yelled, "And your old granny can sit on a pin!"

I knocked on the brick house. No answer.

I called, "Mr. Pig, Mr. Pig, are you in?"

And do you know what that rude little porker answered?

"Get out of here, Wolf. Don't bother me again."

Now you know food will spoil

if you just leave it out in the open.

So I did the only thing there was to do.

I had dinner again.

Think of it as a second helping.

I was getting awfully full.

But my cold was feeling a little better.

And I still didn't have that

cup of sugar for my dear old

granny's birthday cake.

So I went to the next house.

This guy was the

First and Second Little

Pigs' brother.

He must have been

the brains of the family.

He had built his house of bricks.

And you're not going to believe it, but this guy's house fell down just like his brother's.

When the dust cleared, there was the Second Little Pig—dead as a doornail. Wolf's honor.

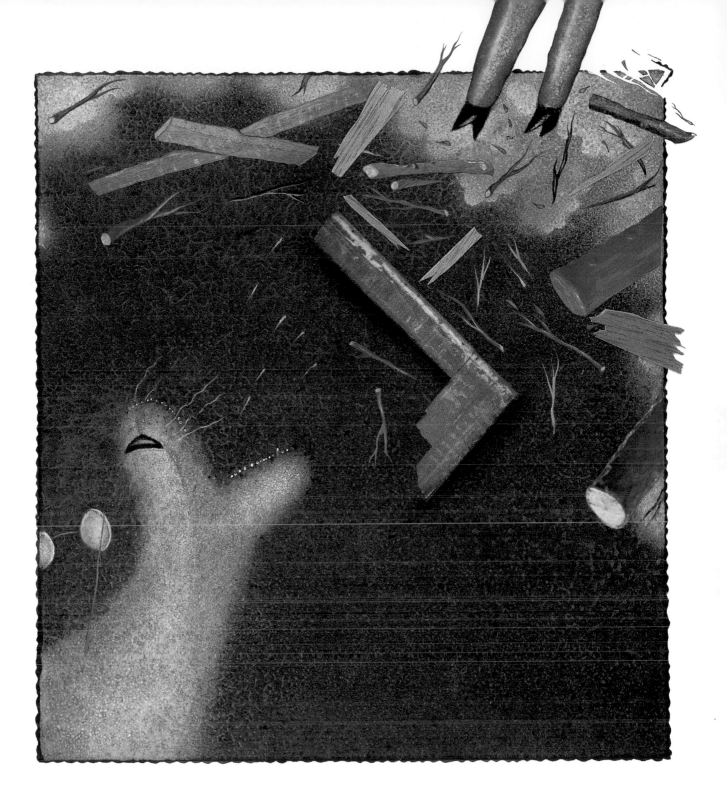

I had just grabbed the doorknob when I felt another sneeze coming
on.

I huffed. And I snuffed. And I tried to cover my mouth, but I
sneezed a great sneeze.

I rang the bell on the stick house.

Nobody answered.

I called, "Mr. Pig, Mr. Pig, are you in?"

He yelled back, "Go away wolf. You can't come in. I'm shaving the
hairs on my chinny chin chin."

I was feeling a little better. But I still didn't have my cup of sugar.

So I went to the next neighbor's house.

This neighbor was the First Little Pig's brother.

He was a little smarter, but not much.

He had built his house of sticks.

It seemed like a shame to leave a perfectly good ham dinner lying

there in the straw. So I ate it up.

Think of it as a big cheeseburger just lying there.

And you know what? That whole darn straw house fell down. And right in the middle of the pile of straw was the First Little Pig—dead as a doornail.

He had been home the whole time.

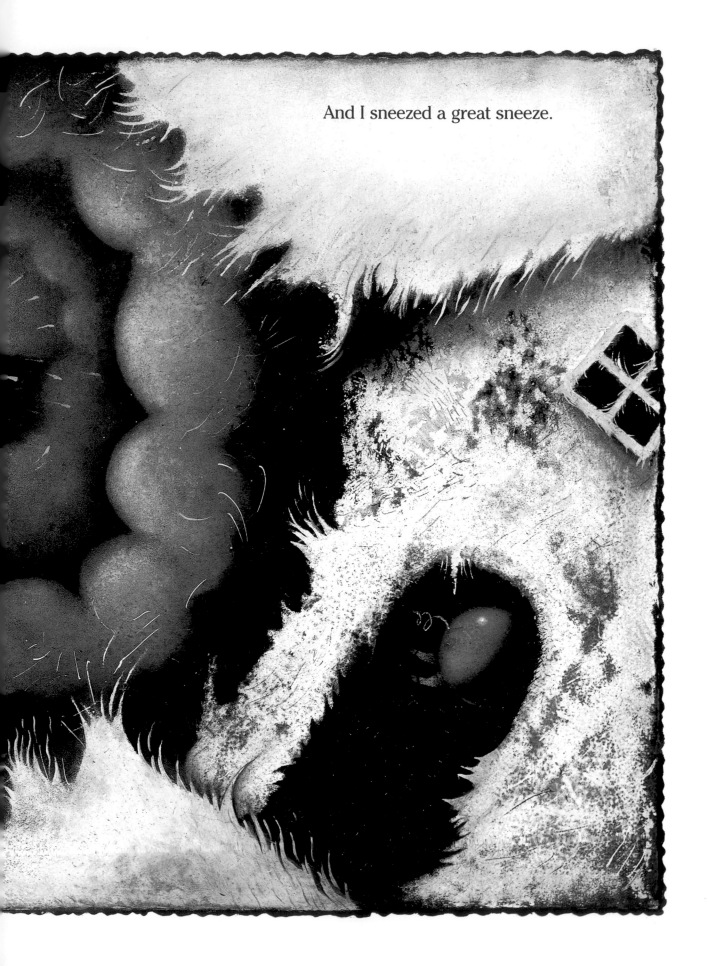

And I sneezed a great sneeze.

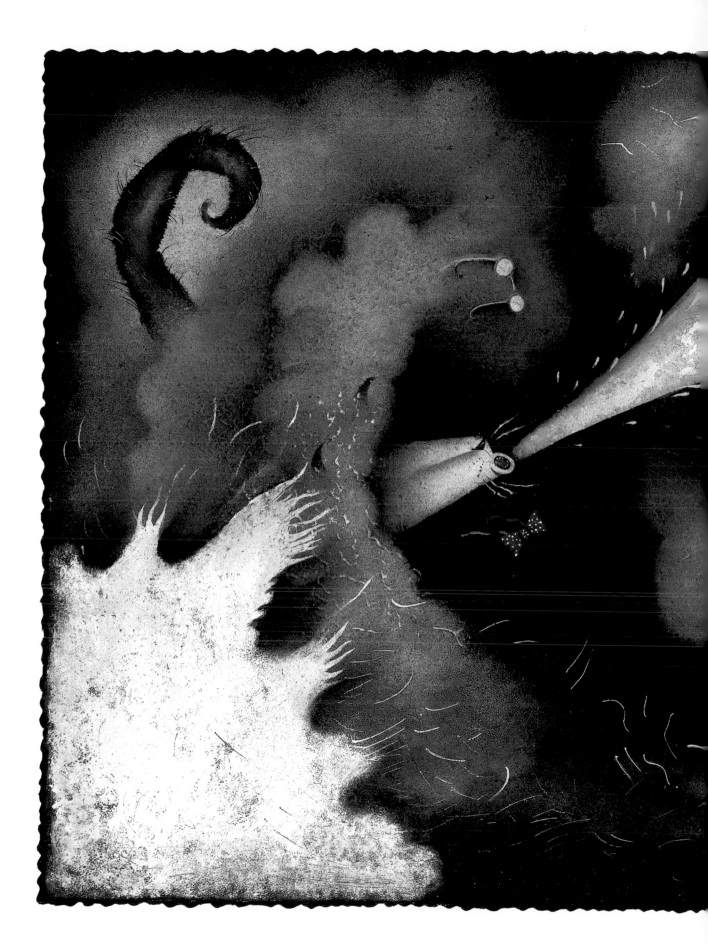

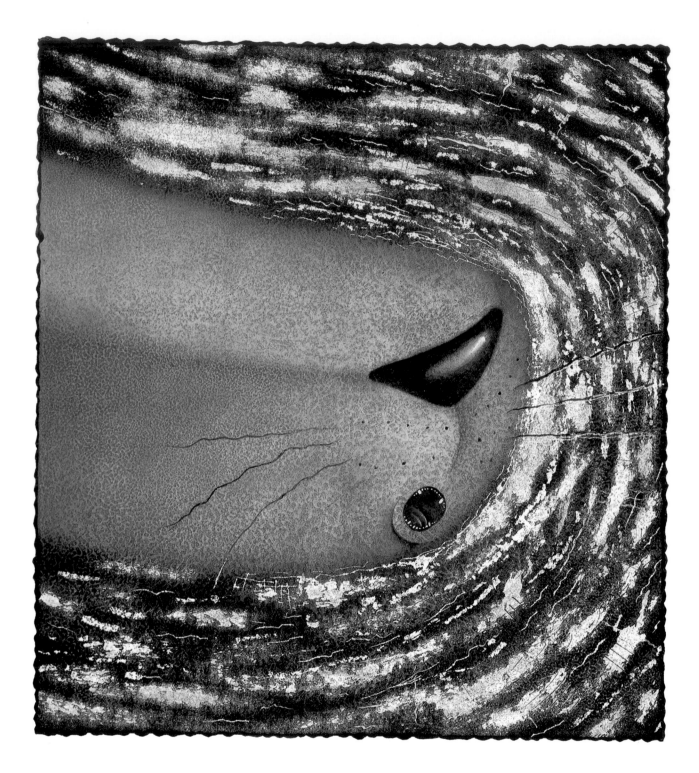

That's when my nose started to itch.

I felt a sneeze coming on.

Well I huffed.

And I snuffed.

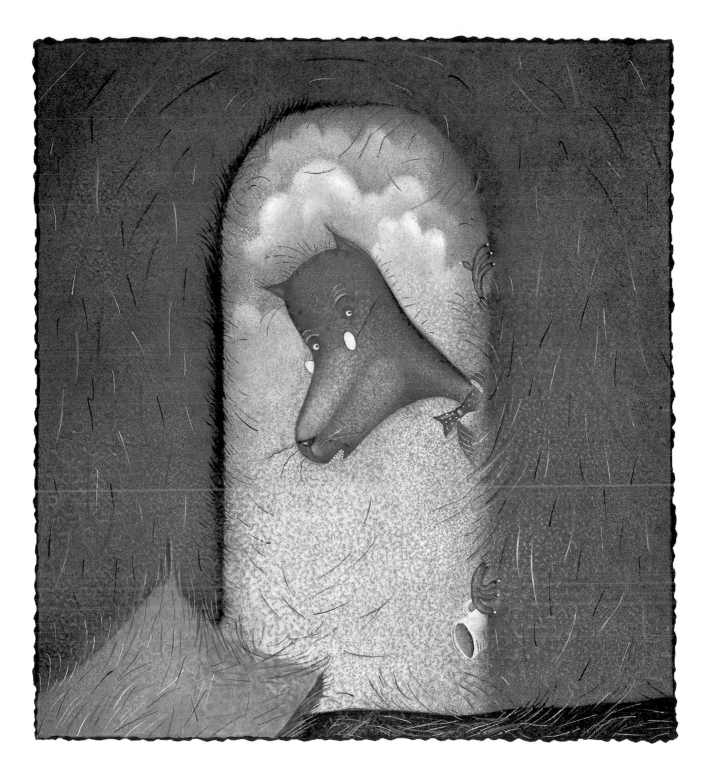

So of course the minute I knocked on the door, it fell right in. I didn't want to just walk into someone else's house. So I called, "Little Pig, Little Pig, are you in?" No answer.

I was just about to go home without the cup of sugar for my dear old granny's birthday cake.

So I walked down the street to ask my neighbor for a cup of sugar.

Now this neighbor was a pig.

And he wasn't too bright, either.

He had built his whole house out of straw.

Can you believe it? I mean who in his right mind would build a house of straw?

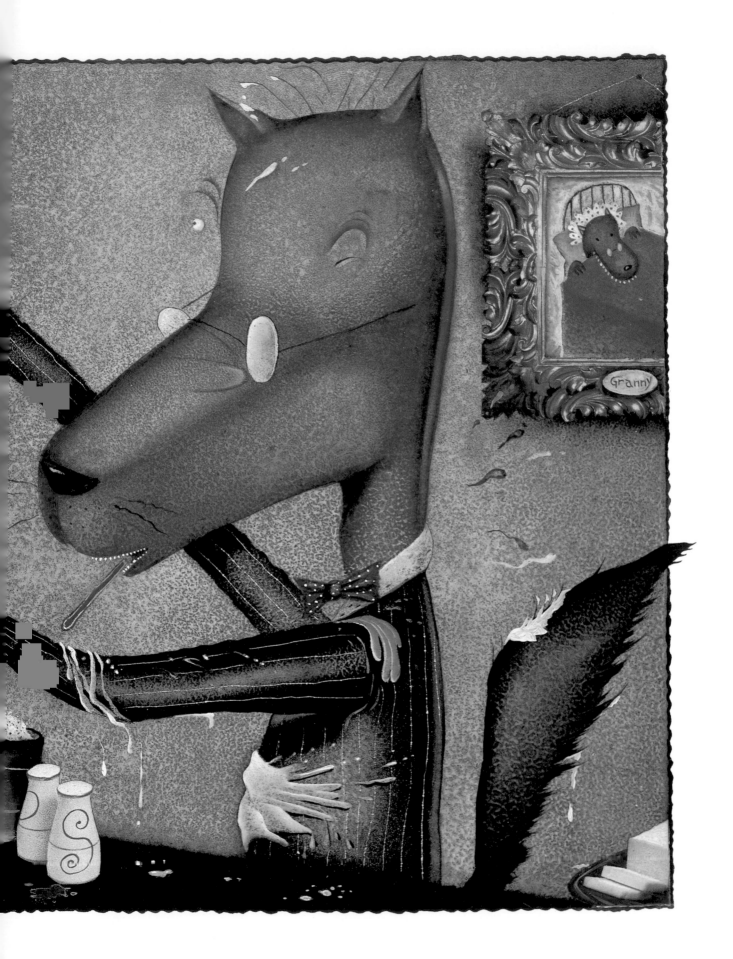

Way back in Once Upon a Time time,
I was making a birthday cake
for my dear old granny.
I had a terrible sneezing cold.
I ran out of sugar.

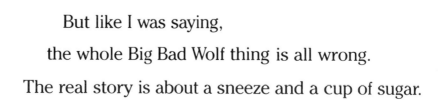

But like I was saying,

the whole Big Bad Wolf thing is all wrong.

The real story is about a sneeze and a cup of sugar.

Maybe it's because of our diet.

Hey, it's not my fault wolves eat cute little animals like bunnies and sheep and pigs. That's just the way we are. If cheeseburgers were cute, folks would probably think you were Big and Bad, too.

I'm the wolf. Alexander T. Wolf.

You can call me Al.

I don't know how this whole Big Bad Wolf thing got started,

but it's all wrong.

Everybody knows the
story of the Three Little Pigs.
Or at least they think they do.
But I'll let you in on a little secret.
Nobody knows the real story,
because nobody has ever heard
my side of the story.